AF3B5249

LES EMBLÈMES

DES

FLEURS,

PIÈCE DE VERS;

SUIVIE

D'UN TABLEAU EMBLÉMATIQUE DES FLEURS;

ET

TRAITÉ SUCCINCT DE BOTANIQUE,

Auquel sont joints deux Tableaux contenant :

L'EXPOSITION DU SYSTÉME DE LINNÉE,

ET

LA MÉTHODE NATURELLE DE JUSSIEU.

PARIS,

A. ÉGRON, IMPRIMEUR-LIBRAIRE,
RUE DES NOYERS, N° 37 ;
DELAUNAY, LIBRAIRE, AU PALAIS-ROYAL.

1816.

LES EMBLÈMES DES FLEURS.

Des dons de l'empire de Flore
J'ai déjà chanté les attraits ;
Aujourd'hui je t'invoque encore
Amour, pour de nouveaux portraits.
Guide ma plume avec sagesse,
Combine avec art mes couleurs ;
Tu dois soutenir ma faiblesse,
Tu m'enivras de tes ardeurs !

Pour peindre sa brûlante flamme,
L'amant trop timide en ses feux,
Inventa cet art précieux
De voiler les secrets de l'âme
Sous des tableaux ingénieux.
Pour parler à celle qu'il aime,
Pour provoquer tendres faveurs,

Aveux charmans pleins de douceurs,
Il crée un favorable emblême,
Il recourt à de simples fleurs !
Prêtant à chacune un langage,
Il les applique tour à tour :
Quand l'une peint son doux servage,
L'autre peint l'espoir d'un retour.
Sans parler il se fait entendre,
Il décèle avec art ses vœux;
La beauté qui sait le comprendre
Répond de même, et ses aveux
Qu'un art heureux a pu surprendre
Couronnent les plus tendres feux.

Lucis, que l'amour désespère, 76 (a)
Qui se consume en vaine ardeur,
A la beauté qui sait lui plaire,
Par un pavot peint sa langueur.
Du trouble qui sait le poursuivre
Il veut par l'oubli se guérir;
Oublier qui l'on put chérir,
C'est jurer de cesser de vivre.
Cette crainte alarme à son tour

(a) Les chiffres renvoient à la Table des Emb'èmes.

Lise jusqu'alors insensible :
Son cœur est enfin accessible
A douce émotion d'amour. 97.
Le lilas a peint la naissance
De ce pur et doux sentiment
La primevère en s'y joignant
A Lucis offre l'espérance,
Trésor si cher pour un amant !
Pour exprimer ce qui le presse,
L'excès de sa félicité,
Lucis a bientôt emprunté
L'emblème de la volupté,
Et le jasmin peint son ivresse !...
Serment d'aimer toute la vie
Succède à de tendres aveux;
D'un bonheur bien digne d'envie
On s'offre gages précieux !
(L'amour, qui naquit soupçonneux,
Veut toujours douce garantie.)

Mais, hélas ! bientôt de nuages
L'horizon paraît s'obscurcir,
L'éclair précurseur des orages
Brille, tout mortel doit frémir !

L'Amour prépare la tempête ;
Il se rit d'un repos constant ;
A ses désirs bientôt il rend
Lucis léger, Lise coquette.

Il presse d'un désir fâcheux
Le cœur de ces amans volages ;
Tous deux ont cessé d'être sages ;
Tous deux brûlans de nouveaux feux,
Ailleurs ont porté leurs hommages.
L'amour qu'on irrite s'éveille,
Le dépit accroît ses ardeurs ;
Quand dépit jaloux nous conseille,
Pouvons-nous maîtriser nos cœurs ?
Lucis, d'une flamme légère
Aime le plaisir passager ;
Il ne se plaît qu'à voltiger.
(La constance est une chimère
Qui souvent ne fait qu'affliger.)
Mais en voyant aussi changer
La beauté qui lui fut si chère,
Il n'aspire qu'à se venger !
Pour accuser l'étourderie, [13]
L'insensible coquetterie [14]

De celle qui sut l'animer
De ce feu, charme de la vie,
Qui nous porte au besoin d'aimer,
Il unit les fleurs symboliques
De ces dangereux sentimens
Qui, par leurs charmes tyranniques,
Apportent le trouble en nos sens.
Il offre à son ingrate amie
Ces gages de ses déplaisirs;
Tout signale sa jalousie;
Il ne cache plus ses soupirs.
Lise aussi que sa faute accable,
Eprouve une juste douleur :
L'aconit placé sur son cœur
Peint tous les remords d'un coupable
Abjurant une folle erreur;
D'autres fleurs peignent sa tristesse, 82
Ses regrets, son chagrin d'amour. 43
Lucis, au comble de l'ivresse
De voir encore à sa tendresse
Promettre un trop heureux retour,
Aux genoux de Lise tremblante
Vole exprimer tous ses regrets,
Présenter le gage de paix, 99

Celui d'une flamme constante.
Lise à des vœux si généreux
A répondu, l'âme enivrée :
Son bonheur se peint dans ses yeux ;
Ils font deviner sa pensée.

Guidés par semblables désirs,
Tous deux forment une guirlande
De fleurs emblêmes des plaisirs,
Pour en faire une heureuse offrande
Au dieu qui calma leurs soupirs.
Unis par cette douce chaîne,
Ils vont au pied de son autel ;
Ils y font le vœu solennel
D'éviter la route incertaine
Que trace un amour criminel ;
Ils jurent de n'avoir pour guide
Que ces paisibles passions
Douces en leurs émotions,
Auxquelles la vertu préside.

J'ai, par des esquisses légères,
Fait connaître l'emploi des fleurs,
Pour bien exprimer de nos cœurs

Les sensations passagères.
Soupirs, craintes, plaisirs d'amour,
Désirs, aveux, sermens durables,
Par des symboles agréables
Ont été dépeints tour à tour.
Pour de plus sérieux tableaux
Je vais, dans l'ardeur qui m'inspire,
Prendre mes couleurs, mes pinceaux;
Tracer des emblèmes nouveaux;
Et remonter encor ma lyre !

Faut-il de l'amour de la gloire [39]
Exprimer le rapide élan;
Faut-il d'une heureuse victoire [75]
Célébrer le charme éclatant,
De la grandeur, de la puissance, [82]
Peindre l'irascible fierté, [8]
De l'orgueil la froide insolence, [106]
· Et du sot la fatuité; [87]

Faut-il de l'âme ambitieuse [60 a]
Peindre tous les secrets tourmens;
Faut-il, par d'emblèmes frappans,
Peindre en sa marche ténébreuse.

La politique artificieuse ; [59]
La richesse à l'âme endurcie ; [13]
L'intrigue qu'anime l'envie [136]
Recherchant en vain le repos ;
La sombre et lâche jalousie [135]
Qui, dans sa triste frénésie,
Ronge l'âme de mille maux ;
Faut-il par un contraste heureux,
Opposant le calme à l'ivresse, [118], [39]
La douceur aux désirs fougueux ; [120], [70]
Peindre en symboles précieux
La vertu, l'austère sagesse, [13], [57]
L'état calme et religieux [91]
D'un cœur que l'amour de ses dieux
Ici-bas enflamme sans cesse ;
La candeur (ce rare trésor [5]
Si pur, si doux en son essence)
Echappée avec l'innocence
A la chute de l'âge d'or ;
L'espérance au malheur si chère, [114]
L'indifférence si contraire [139]
Aux désirs brûlans des amours ;
L'amitié qui fait toujours [109]
Trouver le bonheur sur la terre ; -

L'aimable et douce modestie 14*
Qui, fuyant un charme idéal,
Un vain éclat toujours fatal,
Montre le bonheur de la vie
Loin de ce monde qu'elle oublie;
Les plaisirs d'une âme ingénue, 11*
Paisible en sa félicité,
La touchante simplicité 128
D'une jeune et douce beauté
Dans l'innocence entretenue;

Tous ces sentimens enchanteurs,
A nos plaisirs si nécessaires;
Ces passions en leurs erreurs,
A nos cœurs si souvent contraires,
Se symbolisent par des fleurs.
La fleur est l'heureux interprète
Des feux qui savent nous charmer,
L'amour s'en sert pour exprimer
Ce qui le touche ou l'inquiète. 2
Douces fleurs, filles du printemps,
Ah ! servez aussi ma tendresse,
Peignez mes soupirs, mes tourmens
A la beauté qui m'intéresse;

Ah ! rendez-la sensible un jour
A ma plainte vive et touchante;
Faites-moi trouver son amour,
Et mon âme reconnaissante
Vous divinise sans retour !

HOMMAGE A LA ROSE.

Dans ce léger cadre où j'expose
Le symbole de chaque fleur,
J'ai pu, trop maladroit auteur,
Négliger d'y placer la rose !
Pourrait-on en prévoir la cause?
Pourrait-on deviner mon cœur?
O ! fleur justement préférée,
Je t'écartais avec dessein;
Jamais je ne fus incertain
Sur la place qui t'est fixée.

Chaque fleur n'offre qu'un emblème,
En toi mille sont réunis,
Tous les attraits que l'amour·aime,
Chez toi sont encore embellis.
Symbole heureux de tous les âges,
Symbole de tous les plaisirs,
Tu présides à nos désirs,
Tu dois avoir tous nos hommages.

Au printemps, séduisant bouton,

Dans l'enveloppe qui te presse,
Tu braves la vive caresse
Du tendre et léger papillon.
Mais, dans cette aimable saison
Où le cœur s'ouvre à la tendresse,
Zéphire t'appelle à son ivresse,
Au charme de sa passion,
Tu consacres par la constance
Le feu dont il sait t'embraser,
Contre le désir étranger,
L'épine devient ta défense.
En vain conduit par les amours,
Maint papillon veut te séduire;
Ce n'est que pour l'heureux zéphire
Que ton âme brûle toujours !
Bientôt fruits d'un doux hyménée,
Vingt boutons, précieux trésor
De ta vieillesse fortunée
Soutiennent le dernier essor :
Sur eux, doucement reposée,
Calme sans peine et sans effort,
Tu passes aux bras de la mort
Pour vivre dans l'autre élysée.

TABLEAU EMBLÉMATIQUE
DES FLEURS.

1 Absinthe .... Amertume.
2 Accacia............. Inquiétude.
3 Aconit.............. Remords.
4 Amarante........... Indifférence.
5 Anémone........... Candeur.
6 Anagosis........... Oubli éternel.
7 Angélique.......... Extase.
8 Argentine .... Fierté.
9 Aube-épine......... Courage.

10 Balsamine .... Prévoyance, constance.
11 Basilic............. Haine, souvenir.
12 Barbeau bleu....... Délicatesse.
13 Baume .... Vertu.
14 Belle de jour....... Infidélité, coquetterie.
15 —— de nuit....... Timidité.
16 Belvéder .... Guerre.
17 Bluet .... Mélancolie.
18 Bouton d'or........ Richesse.
19 Branche ursine..... Nœud indissoluble.
20 Bruyère........... Humilité.

21	Capucine............	Discrétion.
22	Cheveux de Vénus ...	Sympathie.
23	Chèvre-feuille.......	Lien d'amour.
24	Célidoine...........	Emotion d'amour.
25	Citronelle..........	Félicité, jouissance.
26	Clochette..........	Bavardage.
27	Coquelicot.........	Reconnaissance.
28	Coucou	Présage.
29	Couronne impériale..	Majesté, gloire.
30	Cyprès............	Regrets.
31	Double feuille.......	Consolation.
32	Ellébore	Folie.
33	Epine.............	Flèche d'amour.
34	—— noire	Mélancolie.
35	—— vinette.......	Désespoir.
36	Eternelle..........	Immortelle.
37	Fleur d'abricot......	Charme.
38	—— de chêne......	Force.
39	—— impériale......	Ivresse.
40	—— de limon	Constance idéale.
41	—— de maronnier...	Fierté.
42	—— d'orange	Douceur.
43	—— de passion.....	Douleur d'amour.
44	—— de pêche......	Agrément.
45	—— de pommier ...	Plaisir.
46	Fontinalle..........	Fidélité.
47	Fumeterre..........	Crainte.

73	Laurier blanc.	Candeur, sincérité.
74	—— rose.	Beauté, bonté.
75	—— amandé.	Victoire, triomphe.
76	—— d'Espagne. . .	Désespoir.
77	Lavande	Coquetterie.
78	Lilas	Emotion d'amour.
79	—— blanc.	Innocence.
80	Lierre.	Tendresse.
81	Lis.	Grandeur.
82	Marguerite	Regrets, tristesse.
83	—— (reine). . .	Splendeur.
84	Marjolaine	Toujours heureux.
85	Matricaire.	Passion violente.
86	Molène.	Mollesse.
87	Muguet.	Légèreté, fatuité.
88	Myrte	Amour, tendre retour.
89	—— fleuri.	Amour trahi.
90	Narcisse	Amour-propre.
91	Noyer.	Religion.
92	Œillet blanc.	Fidélité.
93	—— ponceau	Horreur.
94	—— jaune.	Dédain.
95	—— rose.	Sensation.
96	—— mêlé	Encouragement.
97	—— incarnat.	Réciprocité.
98	—— d'Inde	Flatterie.

99	Olivier............	Paix.
100	Oreille d'ours.......	Séduction.
101	Patience...........	Accord.
102	Pavot.............	Langueur.
103	—— blanc.........	Soupçon.
104	—— mêlé.........	Surprise.
105	—— rose..........	Vivacité.
106	—— rouge........	Orgueil.
107	—— simple.......	Etourderie.
108	Pensée	Souvenir expressif.
109	Pervenche........	Amitié éternelle.
110	Pied d'allouette.....	Timidité, ingénuité.
111	Pivoine double.....	Eclat.
112	—— simple......	Honte.
113	Pois fleur..........	Plaisir délicat.
114	Primevère.........	Crédulité, espérance.
115	Printannière.......	Jeunesse.
116	Pyramidale........	Orgueil.
117	Pomme d'amour....	Amitié.
118	Passe-rose........	Plaisir doux, calme.
119	Renoncule........	Impatience.
120	Réséda...........	Douceur, jouissance.
121	Romarin.........	Bonne foi, franchise.
122	Ronce............	Soucis.
123	Rose.............	Fraîcheur, tendresse.
124	—— blanche......	Intérêt, innocence.
125	—— jaune........	Honte.

126	Rose naine	Chagrin.
127	—— de chien	Prétention.
128	—— sauvage	Simplicité.
129	Scabieuse	Mystère.
130	Sensitive	Sensibilité, estime.
131	Seringa	Mépris.
132	Serpolet	Etourderie.
133	Souci	Peine.
134	Talaspic	Colère.
135	Thym	Jalousie.
136	Tournesol	Intrigue.
137	Tulipe	Honnêteté.
138	—— double	Amitié.
139	Tubéreuse	Indifférence.
140	Violette	Pudeur, modestie.
141	—— blanche	Innocence
142	Violier	Attachement.

ÉLÉMENS SUCCINCTS
DE BOTANIQUE.

LA *Botanique* est la science qui traite des plantes.

Cette étude, utile et agréable, est bien faite pour occuper les loisirs d'un sexe enchanteur, qui offre dans son existence plusieurs traits particuliers à ces productions aimables de la Nature.

Une plante offre à l'observation les parties suivantes : la *Racine*, la *Tige*, les *Feuilles* et le *Fruit*.

De la Racine.

La *Racine* sert à retenir la plante fortement attachée à la terre.

La nourriture d'une plante lui vient le plus abondamment de sa radicule, ou partie fibreuse des racines.

La *Racine* reçoit plusieurs noms qui s'accordent à la forme qu'elle prend. *Elle est fibreuse, bulbeuse, à tubercule, etc.*

Le *collet de la Racine* est la partie d'où les racines partent, et d'où sort la tige.

Le *Pivot* est cette partie de la racine qui s'enfonce à une plus ou moins grande profondeur.

La structure interne des racines est à-peu-près la même que celle des tiges. Dans les plantes à deux cotyledons il n'y a point de canal médulaire comme dans la tige ; il s'arrête au collet de la racine, où il forme comme un sac que l'on nomme|*Culasse*.

De la Tige.

La *Tige* s'élève au-dessus de la racine, et supporte la fleur et les feuilles.

Elle est composée de plusieurs parties distinctes.

L'*Ecorce* qui remplit le même but que la peau des animaux.

Le *Bois* qui renferme des vaisseaux poreux, qui transmettent à la plante son suc, sa substance.

La *Moëlle* ou *substance médulaire*, composée d'un tissu délicat de vaisseaux qui prennent leur origine au milieu de la tige.

La *Sève*, ou le sang de la plante.

Des Feuilles.

Les feuilles contribuent à-la-fois à l'accroissement et à la beauté de la plante. Elles sont *simples, composées, rudes, douces, ovales, etc.*

On considère encore dans les plantes leurs *supports* et *défenses*.

On en distingue sept espèces :

1° Les *Vrilles*. Petits liens d'une forme spirale qui, comme dans la vigne, aident les plantes à embrasser un appui.

2° Les *Feuilles florales, bractées*. Petites feuilles placées près de la fleur, d'une forme différente des autres feuilles de la plante.

3.° Les *Stipules*. Espèces d'écailles situées à côté, ou un peu au-dessous de la feuille, pour la protéger lorsqu'elle sort du bouton, tendre encore.

4° Les *Petioles* ou queues des feuilles. Elles les défendent, les soutiennent et les nourrissent.

5° Les *Peduncules*, ou queues des fleurs et des fruits.

6° *Armes des plantes*, tels que poils, piquants, épines, aiguilles.

7° *Armes pubescentes*. C'est ainsi qu'on nomme toutes les parties défensives des plantes, comme *poils, duvets blancs, gluants et cotonneux, les glandes pâteuses et visqueuses*.

De la Fructification.

La *Fructification* est un travail essentiel pour la réproduction des végétaux.

La Nature emploie sept agens pour cette opération.

1° Le *Calice*. Partie extérieure de la fleur, formée

d'une ou de plusieurs fleurs vertes ou d'un jaune ver-
dâtre qui soutient le corolle vers sa base et l'enferme
tout-à-fait avant qu'elle sorte pour s'épanouir.

Le *Calice*
a
diverses formes;
il est en
{
Coupe, dans le Primevère.
Bourrelet, dans la Ciguë et la Carotte.
Ecaille, dans le Saule et le Noisetier.
Gaîne, dans la Narcisse.
Batelet, dans l'Avoine, le Bled, les Graminées.
Eteignoir, dans les Mousses.
Bourse ou chapeau, dans le champignon.
}

La *Corolle* ou *Pétale*, qui est cette belle partie de
la plante que l'on considère vulgairement comme la
plante elle-même. Elle sert d'enveloppe immédiate
aux organes de la fructification.

La *Corolle*, dans plusieurs fleurs, est *monopétale*,
c'est-à-dire, composée d'un seul *Pétale*, comme dans
la *Campanule*.

Celles qui ont plusieurs *Pétales*, s'appellent *Po -
lypétales*.

· 3° *Etamines*. Les Etamines sont les organes mâles
des fleurs ; ce sont de petits filamens déliés que l'on

aperçoit au centre des fleurs, et qui ont à leur sommet un petit sachet renfermant une poussière jaunâtre que l'on nomme *Poussière fécondante* ou *Pollen*.

Les Étamines sont composées de deux parties.
{
Le *Filet*. Tube long et mince, qui les tient attachées au pied de la Corolle.

L'*Anthere*, espèce de boîte ou gousse placée à l'extrémité du filet, qui s'ouvre quand elle est mûre, et répand cette poussière jaune et d'une odeur assez forte que l'on a déjà désignée sous le nom de *Pollen*.
}

Les *Etamines* sont toujours attachées aux corolles, dans les *Monopétales*. Elles sont ou sur le *Pistil* ou au-dessus, ou au Calice dans les *Polypétales*.

Toutes les fois que la corolle est *monopétale*, le nombre des Etamines n'èxcède jamais vingt ; mais elles peuvent être au-dessus de vingt quand la corolle est *Polypétale*.

4º Le *Pistil* est l'organe femelle des fleurs. Il occupe toujours le centre de la fleur.

Les fleurs qui n'ont que des *Pistils* sans étamines sont femelles. Celles qui n'ont que des étamines sont mâles.

Le *Pistil* est composé de trois parties.
{
L'*ovaire* toujours placé sous le style il devient péricarpe ; c'est le dépôt de la génération.

Le *style* est placé sur l'*ovaire*, et porte le *stygmate*.

Le *stygmate* est toujours placé sur le *style* ; c'est une ouverture destinée à aspirer le *pollen*, et à le communiquer au germe qu'il doit féconder. Cette partie est visible dans le Lis et la Tulipe.
}

La plupart des plantes sont hermaphrodites ; c'est-à-dire qu'elles ont les deux sexes réunis dans la même fleur.

Il y en a où les sexes sont séparés et placés sur des fleurs différentes, mais sur le même indivividu, comme les *noyers*, les *châtaigniers*. On les appelle fleurs *monoïques*.

Celles qui ont les deux sexes séparés sur des individus différens, comme le *palmier*, le *chanvre*, s'appellent *dioïques*.

Les fleurs qui n'ont que des étamines ne donnent jamais de graines : celles qui n'ont que des *pistils* ne donnent de graines fertiles qu'autant qu'elles ont auprès d'elles des fleurs chargées d'étamines.

On fait des fécondations artificielles en prenant une variété de la même plante, et en les fécondant l'une par l'autre. On appelle les plantes qui en proviennent *hébrides.*

5º Le *pericarpe.* Le pericarpe et l'euveloppe qui renferme une ou plusieurs graines.

Il y en a de sept espèces que l'on nomme :
- *Capsule* dans le Pavot.
- *Silique* dans la Giroflée jaune et la Sensitive.
- *Gousse* dans le Pois et le Genêt.
- *Fruit* à pepin dans la Pomme et la Poire.
- *Charnu* dans la Groseille et le Sureau.
- *Pulpeux* dans la Cerise et la Pêche.
- *Conique* dans le Pin et le Sapin.

6º La *graine* ou le fruit est véritablement l'œuf d'un végétal.

On divise la *Corculum,* principe, âme de la plante qui va naître. Il est contenu entre les lobes. Il se divise en deux parties :
- La *plumule,* qui monte et doit former la tige.
- La *radicule,* qui descend et devient la racine.

graine en plusieurs parties :

Lobes ou *Cotyledons*, servent de nourriture et de couverture à l'embryon de la graine.

L'*Ombilic*. Il laisse sur la graine une petite marque ou cicatrice à l'endroit où elle était retenue au pericarpe.

La *Robe* ou l'*habit* de la graine. Elle est d'une épaisseur variée, suivant les espèces.

7° *Réceptacle* ou *placenta* est cette partie convexe ou concave, sur laquelle se fait tout l'ouvrage de la fructification ; il est très-apparent dans l'artichaut, lorsqu'on le dépouille de ses fleurs, ses feuilles et de cette partie soyeuse qu'elles renferment.

Le *nectaire* est un petit creux ou une petite proéminence que portent les fleurs et qui contient un suc mielleux, trésor des abeilles. On le remarque dans la capucine, le pied d'alouette, la couronne impériale.

Les *plantes* sont vivaces quand les racines vivent plusieurs années en terre, quoique leur tige périsse chaque année ;

Bisannuelles, quand elles vivent deux ans avec leur tige ;

Annuelles, quand elles périssent tous les ans avec leur tige.

Système de Linnée.

LINNÉE se sert des organes qui servent à la re-production pour établir la base de son système.

Il considère pour l'établissement de ses classes, qui sont au nombre de vingt-quatre, 1° le nombre; 2° la position; 3° la proportion; la connexion des étamines; et 5° leur absence.

Dans les vingt-trois premières classes sont comprises toutes les plantes qui ont des fleurs visibles.

La vingt-quatrième contient toutes celles dont les fleurs le sont à peine, ou dont on aperçoit qu'indistinctement les organes sexuels.

TABLEAUX.

	CLASSES.	NOMS GÉNÉRIQUES.	CARACTÈRES PARTICULIERS.	PLANTES APPARTENANT A CES CLASSES.
Ces classes sont fondées sur le nombre des étamines qui y sont entièrement libres, et dont toutes les fleurs sont hermaphrodites.	1	Monandrie,	une étamine :	Pesse.
	2	Diandrie,	deux	Véronique.
	3	Triandrie,	trois.	Graminées.
	4	Tétrandrie.	quatre — toutes de la même longueur.	Chardon à bonnetier.
	5	Pentandrie,	cinq. — les anthères sont séparées.	Chèvre-feuille.
	6	Hexandrie,	six — toutes de la même longueur.	Jacinthe, Palmier.
	7	Eptandrie,	sept	Maronnier d'Inde.
	8	Octandrie,	huit	Laureale.
	9	Enneandrie,	neuf	Jonc fleuri.
	10	Decandrie,	dix — les filets sont séparés.	Œillets.
Sur la position et le nombre des étamines qui s'y trouvent de 20 à 100.	1	Dodécandrie,	douze	Joubarbe des toits.
	12	Icosandrie,	vingt — insérées sur le calice.	Fraises..
	13	Polyandrie,	nombre indéterminé sur le réceptacle.	Pavots.
Sur le nombre et la proportion des étamines dont 2 sont plus courtes.	14	Didynamie,	quatre étamines, 2 longues, 2 petites, 1 pistil.	Digitales.
	15	Tétradynamie,	six étamines — 4 longues, 2 petites, 1 pistil, fleurs cruciformes.	Giroflées.
Sur la connexion des étamines par quelques unes de leurs parties.	16	Monadelphie,	les filets sont unis au fond et séparés en haut.	Mauve.
	17	Diadelphie,	les filets en 2 corps, fleurs papillionacées.	Pois.
	18	Polyadelphie,	les filets en plusieurs corps, en trois ou plus.	Millepertuis.
	19	Singénésie,	les anthères unies, 5 étamines, 1 pistil, fleurs composées.	Dents de lion.
Sur la position des étamines.	20	Gynandrie,	étamines dessus le pistil.	Orchis.
Sur la présence et la combinaison d'un ou de plusieurs sexes.	21	Monœcie,	étamines et pistils sur des fleurs séparées de la même plante.	Concombre.
	22	Diœcie,	étamines et pistils sur différentes plantes.	Houblon.
	23	Polygamie,	diverses structures, fleurs staminifères, pistillifères et parfaites.	Frêne.
Sur l'absence des étamines.	24	Cryptogamie,	fleurs inconnues.	Mousse, Heptatique, Algues, Champignon, Fougère.

MÉTHODE NATURELLE DE JUSSIEU.

Cette méthode est fondée sur deux considérations :

Le nombre des feuilles séminales ,
L'insertion des étamines.

			CLASSES.		ORDRES.	
Acotylédones.			1	C'est-à-dire sans cotylédons connus.	6	Les Champignons , les Fougères.
Monocotylédones.	Etamines hypogynes sous le pistil ,		2	A un seul cotylédon.	4	Les Graminées.
	périgynes attachées au calice ,		3		6	Les Joncs , les Liliacées.
	épigynes sur le pistil ,		4		4	Balisiers , Orchis.
Dicotylédones sans corolle ou à pétales.	épigynes ,		5	Sans corolle.		L'Aristoloche , l'Asarum.
	périgynes ,		6		6	La Betterave , les Lauriers.
	hypogynes ,		7		4	La Statice , les Plantins.
Dicotylédones monopétales, étamines sur la corolle.	Corolle et étamines hypogynes ,		8		15	La Morelle, la Véronique, les Labiées.
	périgynes ,		9		4	Les Campanules , les Bruyères.
		anthères réunies ,	10	A corolle monopétale , c'est-à-dire d'une seule pièce.	5	La Laitue , le grand Soleil.
	épigynes ,	anthères distinctes ,	11		5	Les Scabieuses , la Garance.
Dicotylédones polypétales.	Etamines épigynes ,		12	A corolle polypétale , c'est-à-dire composée de plusieurs pièces.	2	Les Ombellifères , la Ciguë.
	hypogynes ,		13		22	Les Renoncules , les Crucifères.
	périgynes ,		14		13	Le Fraisier , les Rosacées.
Dicotylédones	sans pétales, fleurs unisexuelles, ou diclines irrégulières.		15		3	Les Amentacées , les Conifères , le Noisetier , etc.

Ces quinze classes se divisent en 98 ordres ou familles.